Para Madeleine y Carlota, mis abuelas, y para Adelita, cuya casa en la doce avenida fue un hogar para tantos. – E.A.

Para todos mis amigos – L.G.

Texto © 2004 de Elisa Amado
Ilustraciones © 2004 de Luis Garay
Traducción © 2004 Groundwood Books
Traducción de Elena y Leopoldo Iribarren

Groundwood Books / Douglas & McIntyre
720 Bathurst Street, Suite 500, Toronto, Ontario

Distribuido en los Estados Unidos por Publishers Group West
1700 Fourth Street, Berkeley, CA 94710

Agradecemos el apoyo financiero otorgado a nuestro programa de publicaciones por el Canada Council for the Arts, el gobierno de Canadá por medio del Book Publishing Industry Development Program (BPIDP), el Ontario Arts Council y el gobierno de Ontario por medio del Ontario Media Development Corporation's Ontario Book Initiative.

ONTARIO ARTS COUNCIL
CONSEIL DES ARTS DE L'ONTARIO

National Library of Canada Cataloging in Publication
Amado, Elisa
Primas / texto de Elisa Amado; traducción de Elena y Leopoldo Iribarren; illustraciones de Luis Garay
Translation of: Cousins.
ISBN 0-88899-548-2
I. Iribarren, Elena   II. Iribarren, Leopoldo III. Garay, Luis IV. Title.
PS8551.M335C6918 2003   jC813'.6   C2003-901404-5
PZ73

Library of Congress Control Number: 2003103196

Las ilustraciones fueron realizadas en acrílicos.
Impreso y encuadernado en China

PRIMAS

Elisa Amado

ILUSTRACIONES DE
Luis Garay

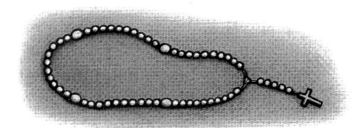

UN LIBRO TIGRILLO
GROUNDWOOD BOOKS
TORONTO VANCOUVER BERKELEY

Vivo con mi abuela Mimi y mi papá. Mi madre
murió cuando yo nací.

A mi abuela le gustan mucho los libros. La mejor
parte del día es la hora de la cena. Hay pan tostado
con mermelada y una taza grande de leche caliente.
Mientras como mi abuela me lee. Muerdo las tostadas
por los bordes y sorbo mi leche. Miro alrededor del
cuarto; hay un fuego en la chimenea y siento el olor
del humo. En las paredes hay estantes llenos de
libros. Leo las palabras escritas en los lomos de los
libros y escucho a Mimi al mismo tiempo.

No vivo con mi otra abuela, Adela. Ella es la
mamá de mi padre. Dos o tres veces por semana, voy
a su casa para tomar la refacción después de la
escuela. Esta abuela vive en el centro. Desde afuera
sólo se ve un largo muro con un portón oscuro en el
medio. Al entrar se atraviesa un zaguán hacia el
patio, que rodean todos los cuartos de la casa.

Abuela Adela se sienta en la sala. Sus dos mejores
amigas, Concha y Toya, que andan siempre vestidas
de negro, están en el sofá. Susurran entre ellas sobre
quién murió y quién sigue casado y quién es el
primo, la hermana o el hijo de cada quien. Pero
abuela Adela se queda un poco aparte, y me da un
abrazo y un beso y me dice:

–Qué tal, mi reina. ¿Cómo estás? Qué grande te
has puesto.

En la otra casa mi cosa favorita de Mimi es una cesta navajo que ella trajo cuando vino a vivir con nosotros. Está llena de pulseras de plata y turquesas. Cuando mi abuelo estaba vivo, ella lo ayudaba a excavar las ruinas de los antiguos pueblos hopi. Querían saber cómo vivía la gente hace siglos y siglos.

Me encanta jugar con las pulseras. Me las pongo en los brazos y me miro en el espejo. A veces me gusta tanto lo que veo que me beso la cara en el espejo, dejando una marca.

La cosa que más me gusta de la casa de abuela Adela es su figura del Niño Jesús; es casi tan grande como un nene de verdad. Está acostado dentro de una cúpula de vidrio, vestido con ropas de seda. Hay un arbolito allí adentro con él. Pajaritos de colores brillantes, ángeles y bolitas de Navidad cuelgan de las ramas del árbol. El Niño Jesús los mira desde abajo y sonríe. Es muy lindo.

No me permiten sacarlo para jugar con él. Pero sí me dejan tocar el rosario que está puesto delante de la cúpula. Es lindo también; sus cuentas parecen lunitas.

Cuando llega la hora de la refacción, abuela Adela me lleva de la mano al otro lado del patio, hasta el gran comedor. En el fondo hay un vitral que vuelve todo verde. Me siento al lado de abuela Adela.

Muchas personas toman la refacción todos los días. Comen pan francés untado de aceite de oliva con trocitos de cebolla, y beben café. Soy la única que toma té en una taza verde. La taza es tan fina que el reflejo de la luz verde la atraviesa. El té es dorado y lo acompaño con una hojaldra, una galletita delgada y crujiente cubierta de azúcar.

Mariana, mi prima, vive en casa de abuela Adela. Su padre se marchó, así que ella se queda allí en un gran cuarto que comparte con su mamá. Es católica. Estoy celosa porque pronto hará su primera comunión. Mi abuela Mimi no es católica ni cree en las primeras comuniones.

Mi prima llevará un vestido blanco que llega hasta el piso. Se pondrá un velo sobre la cabeza, guantes blancos, calcetines y zapatos blancos, y cargará una vela blanca atada con una cinta. Lo peor de todo es que la dejarán llevar el rosario que tiene las cuentas como lunitas. Una vez dijo que el Niño Jesús es, en verdad, sólo para los católicos.

Un día vamos a la iglesia a ver a Mariana practicar para su primera comunión. Aunque no soy católica, llevo una mantilla para entrar a la iglesia. De otra manera sería un pecado.

Mientras estamos mirando, la mantilla se desliza y mi cabeza queda descubierta. Tengo miedo de lo que sucederá porque he pecado. Cuando le cuento a mi prima, me dice que debo confesarme con el cura que está metido en un cuartito parecido a una caja, a un lado de la iglesia.

Al regresar a casa de abuela Adela para la refacción, entro a escondidas a su cuarto mientras todos están comiendo. Me arrodillo frente al Niño Jesús y le pido perdón por haber pecado. Miro el rosario que está puesto allí. Es tan lindo.

De pronto, lo tomo y me lo meto en el bolsillo.

Esa noche me siento extraña durante la cena. Mi Mimi me lee *Little Women*, uno de mis libros favoritos, pero yo no estoy escuchando. Tengo frío por dentro y no tengo hambre. Tampoco miro las palabras sobre los libros.

Mimi me pregunta si me siento mal y yo le contesto que no.

Cuando me meto en la cama las sábanas están frías. Las sombras en mi cuarto son oscuras. Me pregunto qué sucede cuando uno ha cometido un pecado. Mi prima dice que es algo muy malo y que puedes ir al infierno. Mimi dice que el infierno no existe. No estoy segura si debo de creer a Mariana, pero tal vez ella tenga razón.

Al otro día, cuando voy a casa de abuela Adela
para la refacción, todos están enojados. El rosario ha
desaparecido. Concha y Toya están susurrando, como
siempre. Siento que las dos me miran; sus manos
huesudas me aprietan cuando las saludo. Me pongo toda
colorada y hace mucho calor.

Después de comer, le pido a mi prima que me
explique cómo se pide la confesión. Ella piensa que es
por lo de la mantilla que se me cayó en la iglesia, pero
entonces recuerda que yo no puedo confesarme porque
no soy católica. Estamos metidas detrás del gran armario
en su dormitorio. Nos escondemos porque en la pared
hay un cuadro de un hombre; sus ojos nos siguen
por toda la habitación. Es viejo y tiene una mirada
antipática.

Justo en ese momento alguien toca el portón de la casa. Corremos al patio y nos escondemos detrás de la fuente. Nadie acostumbra llegar después de la refacción.

¡Es Mimi! Me pongo muy nerviosa. Ella casi nunca visita a abuela Adela, porque no son amigas. Meto la mano en el bolsillo y entonces recuerdo: dejé el rosario en mi bata de baño cuando me vestía para ir a la escuela.

Me siento cada vez peor.

A Mimi la llevan al salón para saludar. Se preguntará dónde estoy. A mi prima le parece extraña esta visita. Soy la única que sabe por qué ha venido. Debería ir a decirle a abuela Adela lo que hice, antes de que Mimi lo haga. Pero no me atrevo. Mi prima sale a ver lo que sucede. Sobre puntillas camino hasta el portón, lo abro y salgo corriendo a la calle.

Camino rápidamente por la acera. La señora de la tienda mira por la puerta mientras paso. El vendedor de periódicos y el hombre que vende caramelos en un puesto en la esquina se ríen de mí.

Al fin llego a la iglesia y entro. Está oscura y fría. No hay nadie, pero las velas están encendidas frente a los santos y puedo oler el incienso. Me asomo dentro de la caja del cura; no hay nadie allí. Me siento en una sillita sin saber qué hacer.

No me atrevo a ir a casa. Sé que he cometido tres pecados: la mantilla se me cayó de la cabeza y ni siquiera llevo una puesta en este momento. Me robé el rosario. Y ahora mismo acabo de salir sola, algo que no me permiten hacer. Me pongo a llorar.

Siento una mano sobre el hombro. Es el cura, y le cuento todo: que no soy católica, que he cometido tres pecados, que mis dos abuelas son tan distintas y que ahora están juntas, probablemente muy enojadas conmigo.

Él me toma de la mano y me lleva de vuelta a casa de abuela Adela. Toca la puerta y entramos. Las dos abuelas, mi prima, mi tía, mi padre –que ha venido a buscarme–, Concha y Toya, los otros primos y todos los demás que vienen a tomar la refacción están parados en el patio, mirándonos.

Entonces mis dos abuelas, el cura y yo entramos adonde está el Niño Jesús. Les cuento a las abuelas lo que hice. Les digo que sentía celos de mi prima por su primera comunión y por el Niño Jesús. Luego recuerdo todas aquellas cosas lindas de mi Mimi que están en mi casa y que mi prima nunca tomó las pulseras de plata de mi Mimi, a pesar de que a ella le gustan mucho. Siento vergüenza y pido perdón.

—No lo vuelvas a hacer —dicen Mimi y Adela al mismo tiempo. Luego cada una me da un beso, salen a buscar a Mariana y la besan a ella también. Mi padre parece estar muy enojado aunque luego me abraza.

Estoy triste pero me siento mucho mejor. Le digo a mi prima que en verdad quiero que tenga una primera comunión muy bonita. Y le digo que puede usar mi mejor collar. Me despido de mi abuela Adela con un beso, sin mirar a Concha y Toya porque sé que están susurrando. El rosario está otra vez puesto frente al Niño Jesús.

Mi papá, mi abuela y yo nos montamos en el auto
y nos dirigimos a casa.

–¿Qué quieres que te lea esta noche, sweetie?
–dice mi Mimi.